Un petit ami trop parfait ?

vol. 1

Mizuki Hoshino

Kana

Un petit ami trop parfait ?

SOMMAIRE

Chapitre 1

Un petit ami trop parfait?

D'APRÈS CE QU'ON DIT, L'AMOUR...
... ÇA NOUS TOMBE DESSUS.
ALORS, MOI, J'AI TOUJOURS ATTENDU QUE ÇA ME TOMBE DESSUS.
ET MAINTENANT, J'ENTRE DÉJÀ EN 2e ANNÉE DE LYCÉE.
TOUT D'ABORD, IL FAUT NOMMER LE DÉLÉGUÉ DE CLASSE.
AFIN D'ÉVITER LES DÉBATS ET LES DISPUTES INUTILES, J'AI CHOISI POUR VOUS.
CE SERA L'ÉLÈVE ASSISE À LA PLACE NUMÉRO 1, IROHA AOYAGI.
À décider aujourd'hui
• Postes au comité des élèves
Délégué
Vice-délégué
Bibliothèque
Infirmerie
Communication
Sport
Culture
Excursion
Élections
Discipline
Etc.

Je compte sur toi. ♥
Tout ce que tu as à faire est noté sur ce papier.
MOI ?!
AH ! EUH... ALORS, POUR COMMENCER...
... Y AURAIT-IL UN VOLONTAIRE...
... POUR ÊTRE VICE-DÉLÉGUÉ...?
CERTAINES PERSONNES SONT FAITES POUR CERTAINES CHOSES, ET D'AUTRES PAS, PROFESSEUR !!
SILENCE
C'EST UNE VRAIE TORTURE !!
ZOUP

MOi, JE VEUX BiEN.
UN ANGE ?!
Are you my angel?
Yes! You're my angel!!
Oooh ! Merci beaucoup !!!
AVANT MÊME DE M'EN RENDRE COMPTE, LE COURS ÉTAIT TERMINÉ.
ET AVANT MÊME DE M'EN RENDRE COMPTE, iL ÉTAIT LÀ...

TU AS BIEN TRAVAILLÉ.
... À CÔTE DE MOI, AVEC SON GRAND SOURIRE.
HAAA...
KUSAKABE EST QUAND MÊME FORMIDABLE...

KUSAKABE ? AH ! CELUI QUI S'EST PORTÉ VOLONTAIRE POUR ÊTRE VICE-DÉLÉGUÉ ?
OUI !
C'EST UN GENTIL GARÇON !
Je ne lui avais jamais vraiment parlé.
OUI, IL EST SUPER-GENTIL !
APPAREMMENT, IL A ÉTÉ DÉLÉGUÉ DE CLASSE L'AN DERNIER.
ET EN VOYANT MA DÉTRESSE, IL EST VENU À MON SECOURS !
GEH ! TOUT ÇA JUSTE POUR T'AIDER ?
IL EST DRÔLEMENT GENTIL, C'EST SÛR !
JE ME SUIS MÊME DIT QUE CETTE FOIS, C'ÉTAIT LA BONNE !
OUI, ÇA DOIT ÊTRE L'AMOUR !

ÇA M'ÉTONNERAIT.
AH BON ?!
L'AMOUR...
... C'EST QUAND TON CŒUR BAT LA CHAMADE, QUE TU LE SENS SE SERRER.
TON SANG ENTRE EN ÉBULLITION, ET L'EXCITATION PREND POSSESSION DE TON CORPS !!
SACCHI ?
ON NE LE DIRAIT PAS, MAIS ELLE ADORE PARLER D'AMOUR.
Sacrée Sacchi !
ESSAYE DE TE RAPPELER LES MOINDRES DÉTAILS, IROHA !
TOUT CE QUE TU PEUX À PROPOS DE KUSA-KABE !!

FOUAAAH
まああ～～w
Comment c'était ?!
TU AS SENTI LA CHALEUR SE RÉPANDRE DANS TOUT TON CORPS ?!
EST-CE QU'IL FAIT NAITRE EN TOI UNE PASSION BRÛLANTE...
... AU POINT QUE TON COEUR S'EMBALLE ET FASSE N'IMPORTE QUOI ?!
...
L'excitation qui prend possession de mon corps...?
Une passion brûlante ?
NON, JE N'AI RIEN RESSENTI DE TOUT ÇA.
Au contraire, sa présence m'a apaisée.
DANS CE CAS, CE N'EST PAS DE L'AMOUR.
C.Q.F.D.
JE VOIS...
JE SUIS ENCORE À CÔTÉ DE LA PLAQUE.
ET PUIS ON PARLE DE KUSAKABE, LÀ.
OUI, ÇA PARAIT IMPENSABLE.
Il est gentil, mais quand même.
J'AIMERAIS...

...CONNAITRE L'AMOUR, AU MOINS UNE FOIS.
STAP
C'EST EN PARTIE DE LA SIMPLE CURIOSITÉ.
EN 16 ANS DE VIE, JE N'AI JAMAIS ÉTÉ CAPABLE DE TOMBER AMOUREUSE.
ÇA PARAIT SI SIMPLE, SI ÉVIDENT, ET POURTANT, J'EN SUIS INCAPABLE.
LE NOMBRE D'ANNÉES PASSÉES SANS PETIT AMI EST ÉGAL À MON ÂGE.
LE NOMBRE D'ANNÉES SANS ÊTRE AMOUREUSE EST ÉGAL À MON ÂGE !
SI ÇA CONTINUE, JE VAIS COMMENCER À CROIRE QU'IL Y A UN TRUC QUI CLOCHE CHEZ MOI.

PFFF はぁ
Clic !
JE ME DEMANDE COMMENT FONT LES AUTRES POUR SE TROUVER UN PETIT AMI !
En train de l'aider.
UN PETIT AMI, HEIN...
J'ENVIE LES GENS QUI ONT DES RELATIONS AMOUREUSES.
AAH...
RENTRER ENSEMBLE ET TOUT LE TRALALA ?
Huhuhu
Hahaha
OUI.
ÇA A L'AIR CHOUETTE DE SE TENIR LA MAIN...
VRAIMENT...
... JE ME DEMANDE COMMENT ILS FONT.
À QUEL MOMENT PRÉCIS...

... ON SE RENDS COMPTE QU'ON "AIME" UNE PERSONNE EN PARTICULIER ?
ÇA SEMBLE SI FACILE.
MAIS POUR MOI, IL N'Y A RIEN DE PLUS COMPLIQUÉ.
HMM...
BONNE QUESTION...
AH ! !!
VOILÀ QUE JE LE CONSULTE COMME CONSEILLER DE VIE, MAINTENANT !
En plus de compter sur son aide !!
JE DOIS ÉVITER D'AVOIR L'AIR NÉGATIVE !!
M...
MAIS JE M'AMUSE BIEN TOUS LES JOURS, MÊME SANS HISTOIRE D'AMOUR !
IL N'Y A PAS NON PLUS DE QUOI S'INQUIÉTER !
HAHAHA
ÇA TE TRAVAILLE QUAND MÊME, JE LE VOIS BIEN.

JE SUIS CONTENT QUE TU ME DEMANDES CONSEIL. ET PUIS COMME ÇA, JE VAIS POUVOIR Y RÉFLÉCHIR AVEC TOI !
TROP GENTIL !!
IL N'Y A PAS À DIRE, KUSAKABE EST UN ANGE.
Hmm...
SE TROUVER QUELQU'UN À AIMER, HEIN...
IL Y RÉFLÉCHIT VRAIMENT...
Plus gentil, tu meurs.
POURTANT, CE SENTIMENT N'EST PROBABLEMENT PAS DE L'AMOUR.
AH...
MOI, EN CE QUI ME CONCERNE...

… JE SUIS PLUTÔT DU GENRE À TOMBER AMOUREUX APRÈS AVOIR COMMENCÉ À SORTIR AVEC LA FILLE !
HEIN ?
TU AS DÉJÀ EU UNE PETITE AMIE, KUSAKABE ?!
OUI, PLUSIEURS.
PLU-SIEURS ?!
OUI, TROIS.
TROIS ?!

ÇA, POUR UNE SURPRISE…
JE NE M'Y ATTENDAIS PAS !
CE N'EST PAS SI ÉTRANGE, EN FIN DE COMPTE. IL EST TELLEMENT GENTIL !
Oups ! Désolée, ce n'est pas sympa.
HAHAHA ! ON ME LE DIT SOUVENT.
ET VOUS ÊTES SORTIS ENSEMBLE COMBIEN DE TEMPS ?
ÇA DÉPEND DE LA FILLE. DEUX ANS, UN AN, ET SIX MOIS, SI JE COMPTE BIEN.
HEIN ?! C'EST LONG !
QUAND AS-TU EU TA PREMIÈRE COPINE ?
EN 1re ANNÉE DE COLLÈGE.
COLLÈGE…
EN 1RE ANNÉE DE COLLÈGE ?!
À CETTE ÉPOQUE-LÀ, MOI…
… JE JOUAIS À PERTURBER LES FILES DE FOURMIS DANS LA RUE TOUT EN RACONTANT MES RÊVES EN RENTRANT DE L'ÉCOLE AVEC MES AMIS !
I have a dream…
Arrête tes bêtises.
UNE PETITE SECONDE !
ÇA VEUT DIRE…
ÇA VEUT DIRE QUE KUSAKABE…

... EST UN PRO EN MATIÈRE DE RELATIONS AMOUREUSES ?!
TOUT MON CONTRAIRE !!
DIS ! DIS !
COMMENT C'EST, DE SORTIR AVEC QUELQU'UN ?
L'AMOUR...
... COMMENT TU LE DÉCRIRAIS, TOI ?
HMM...

"VIDE"...
... JE CROIS...

Haha
あは
JE RIGOLE.
IL Y A UN TAS DE BONS CÔTÉS !
...
L'ESPACE D'UNE SECONDE, IL M'A SEMBLÉ QUE...
Je te souhaite de trouver l'amour.
J'AI RÊVÉ ?
EN TOUT CAS...
... JE N'AURAIS JAMAIS CRU DEVOIR TE REFILER AUTANT DE TRAVAIL POUR MON PREMIER JOUR EN TANT QUE DÉLÉGUÉE DE CLASSE.
VIDÉE
げそっ

NORMAL, LE SEMESTRE VIENT DE COMMENCER.
ÇA IRA MIEUX DANS QUELQUE TEMPS.
J'ESPÈRE...
TU M'AS QUAND MÊME BLUFFÉ EN TRIANT LES PHOTOCOPIES.
FLAP FLAP FLAP FLAP FLAP FLAP
LES PETITES TÂCHES SECONDAIRES, C'EST MA SPÉCIALITÉ.
JE NE SUIS PAS DU GENRE TRÈS EFFICACE.
ALORS, PLUTÔT QUE DE RESTER LES BRAS CROISÉS, JE FAIS TOUJOURS CE QUE JE PEUX POUR ME RENDRE UTILE.
AVEC LE TEMPS, J'AI DÉVELOPPÉ MES SUPER FACULTÉS !
Pour les tâches secondaires.
HAHAHA ! TOUT S'EXPLIQUE.
HARUKI...

OUAH !
CE QU'ELLE EST BELLE !
JE SUIS CONTENTE.
J'AI EU PEUR QUE TU NE SOIS DÉJÀ PARTI.
MAIS JE LA RECONNAIS ! C'EST UNE AÎNÉE. ELLE A REMPORTÉ LE CONCOURS DE MISS DU LYCÉE L'AN DERNIER !!
C'est la première fois que je la vois d'aussi près !!
TU M'ATTEN-DAIS ?
OUI...
JE VOULAIS ABSOLU-MENT TE PARLER...
COMMENT KUSAKABE CONNAÎT-IL...
HARUKI...
ちら
SCRUTE
ちら
SCRUTE
... UNE FILLE COMME ELLE ?!
PARDONNE-MOI DE T'AVOIR TROMPÉ...
Quoi ?!
ELLE L'A TROMPÉ ?!

J'AIMERAIS QU'ON RECOMMENCE TOUT.
JE T'AIME, HARUKI !
MINUTE, PAPILLON ! J'AI DÛ MAL ENTENDRE !
MAITRE KUSAKABE ! VOUS SORTIEZ VRAIMENT AVEC CETTE JEUNE FILLE ?!
C'EST TELLEMENT FOU !
C'EST MÊME PLUS QU'UN PRO, À CE NIVEAU-LÀ !
ELLE EST TROP MIGNONNE.
QUI NE LUI PARDONNERAIT PAS...?
AVEC UNE TÊTE PAREILLE, IL LUI PARDONNERA TOUT.
SOYEZ HEUREUX !!
Tout doucement
GRAB

HEIN ?
C'EST IMPOS-SIBLE.
NE SOIS PAS AUSSI ÉGOÏSTE !

JE NE VEUX PLUS JAMAIS TE REVOIR, AIRI.

ぎゅっ
CRR
ALLONS-Y.
HEIN ?
?!

DÉSOLÉ DE T'AVOIR IMPLIQUÉE LÀ-DEDANS.
NE LE SOIS PAS !!
J'AI DU MAL À M'EN REMETTRE...!!!
ET POUR UN TAS DE RAISONS !!
JE SUPPOSE QUE TU L'AS COMPRIS...
... MAIS C'EST MON EX.
AH, OUI...
ON A ROMPU PARCE QU'ELLE M'A TROMPÉ.
Je l'ai prise sur le fait. Hahaha !
ON EST RESTÉS ENSEMBLE PENDANT SIX MOIS.
ON A BEAU ÊTRE AUSSI HEUREUX QU'ON LE SOUHAITE...
... PARFOIS, IL SUFFIT DE PAS GRAND-CHOSE POUR TOUT DÉTRUIRE EN QUELQUES SECONDES À PEINE.
JE SUIS SÛRE...

TU VOIS ?
L'AMOUR, ÇA PEUT VRAIMENT...
... ÊTRE VIDE.
... QU'IL A DÛ...
... SE PASSER UN TAS DE CHOSES.
DES CHOSES QUE JE NE POURRAI PROBABLEMENT...
...
... JAMAIS IMAGINER.
MAIS...

NE DIS PAS...
... QUE C'EST VIDE.
TU AS...
... QUAND MÊME VÉCU DE BONS MOMENTS, NON ?
NE FAIS PAS COMME SI TOUT ÇA N'AVAIT AUCUN SENS.
C'EST PIRE QUE TOUT.

HA !!
はっ!!
AH...
JE... JE SUIS DÉSOLÉE...
...
NE T'EXCUSE PAS.
JE VAIS RENTRER, MOI.
JE...

JE SUIS ALLÉE TROP LOIN !!!
"NE DIS PAS ÇA..."
"C'EST PIRE QUE TOUT."
QU'EST-CE QUE J'Y CONNAIS, MOI, AVEC MON DÉSERT SENTI-MENTAL ?!
IL L'A PENSÉ, C'EST SÛR !!
MÊME MOI, JE L'AI PENSÉ !
IL VA CROIRE QUE JE LE PRENDS DE HAUT !
JE DEVRAIS AP-PRENDRE À RESTER À MA PLACE !!
MAIS...
... J'AVOUE ÊTRE UN PEU PERDUE.
QUAND IL A PRIS MA MAIN...
... JE ME SUIS SENTIE INDISPENSABLE.
C'ÉTAIT PEUT-ÊTRE DÉPLACÉ...
... MAIS MON COEUR S'EST EMBALLÉ.

L'INSTANT PRÉCIS OÙ ON SE REND COMPTE QU'ON AIME QUELQU'UN.
SUR LE MOMENT, J'AI PENSÉ QUE ÇA DEVAIT ÊTRE...
... CE GENRE D'INSTANT. POURTANT...
"VIDE"...
C'ÉTAIT UN PEU FORT.
IL DOIT AVOIR VÉCU UN TAS DE CHOSES POUR PARLER AINSI.
MAIS C'ÉTAIT COMME S'IL ME DISAIT QUE TOMBER AMOUREUX NE SERVAIT À RIEN.

ET ÇA M'A FAIT DE LA PEINE.

DING
DONG
DANG
DONG
TRÈS BIEN, LE COURS EST TERMINÉ !
DING
DONG
DANG
DONG
PROF
IL EST TEMPS DE FAIRE LE SALUT...
Mademoiselle la déléguée de classe ?
Japonais classique
AH
PLAF
LEVEZ-VOUS !!

BLA ざわ
BLA ざわ
PFFF は~...
PARDON, SACCHI, J'AVAIS ZAPPÉ.
JE ME FERAI UNE JOIE DE TE FRAPPER JUSQU'À CE QUE TU T'HABITUES À TON RÔLE.
ÇA A L'AIR DE TE FAIRE PLAISIR, DIS DONC. MAIS MERCI...
AOYAGI, ON Y VA ?
AH, OUI !
OOOH ! DÉJÀ UNE RÉUNION. CE N'EST PAS DE TOUT REPOS, LE COMITÉ DES ÉLÈVES !
NE FAIS PAS SEMBLANT DE COMPATIR !
T'AS RAISON, CE N'EST PAS MON PROBLÈME.
QUE FAIRE ?
JE SUIS TROP MAL À L'AISE !!
DE QUOI JE POURRAIS BIEN PARLER ?
JE FERAIS MIEUX DE LUI PRÉSENTER MES EXCUSES ENCORE UNE FOIS...

PARDONNE-MOI POUR HIER.
HEIN ?! NE T'EXCUSE PAS, JE SUIS LA SEULE EN TORT !
Zut ! Il s'est excusé avant moi !!
NON...
C'EST MOI.
J'AI DIT...
... DES CHOSES HORRIBLES, AUSSI BIEN À TOI QU'À MOI-MÊME.
JE SUIS SINCÈREMENT DÉSOLÉ.
KUSAKABE...

HAHA
PUIS J'AI UN PEU BOUDÉ.
IL Y AURA PROBABLEMENT PLUS DE MOMENTS DIFFICILES, MAIS...
OU...
OUI...
... J'AIMERAIS VIVRE UN NOUVEL AMOUR.

UN NOUVEL AMOUR...
CON-NAISSANT KUSAKABE...
... IL N'AURA AUCUN MAL À RETROUVER QUELQU'UN.
OUI, C'EST VRAI.
ET PUIS...
... CETTE GRANDE MAIN UN PEU OSSEUSE...
... MAIS SI CHAUDE...
... PRENDRA CELLE DE QUELQU'UN D'AUTRE, ET ILS MARCHERONT ENSEMBLE.

JE NE VEUX PAS.

DING
キーン
DONG
コーン
LEVEZ-VOUS !
DANG
カーン
DONG
コーン…
CLANK
ガタ
SA-LUEZ !
ガタ
CLANK
!

QU'EST-CE QU'IL Y A, AOYAGI ?
À VRAI DIRE...
EUH...
JE...
... JE N'AI AUCUNE PREUVE, MAIS...
... CE...
EUH...
EH BIEN...
J...
JE...
J'ÉTEINS LA LUMIÈRE !
OUI, OUI ! ON ALLAIT PARTIR !!
MAUVAIS TIMING !!
PAH
DÉSOLÉE !
ON VERRA ÇA PLUS TARD. N'Y PRÊTE PAS TROP ATTENTION.

NON...
JE VEUX ENTENDRE LA SUITE.
...
EUH...

POU…
POURQUOI TU ME PRENDS LA MAIN…?
COMME ÇA.
COMME ÇA ?!
N'Y PRÊTE PAS ATTENTION.
QU…
QUE JE N'Y PRÊTE PAS ATTENTION ?!
EUH…
JE N'AI PAS ENVIE…
… QUE TU TE TROUVES UN NOUVEL AMOUR.
D'AC-CORD.

JE N'AI PAS ENVIE QUE TU PRENNES LA MAIN...
... DE QUELQU'UN D'AUTRE.
D'ACCORD.
J'AI ENVIE...
... QUE TU NE REGARDES QUE MOI.
D'ACCORD.
J'AI SENTI MON COEUR SE SERRER.
JE VOIS.
KUSAKABE...
OUI ?

CE SENTIMENT...
... C'EST DE L'AMOUR, PAS VRAI ?

Oui.

JE CROIS BIEN QUE C'EST DE L'AMOUR.
EXCUSE-MOI.
POUR ÊTRE HONNÊTE, DÈS LE DÉBUT...

... JE ME SUIS DIT QUE CE SERAIT CHOUETTE QUE TU TOMBES AMOUREUSE DE MOI.
TU SAIS...
... QUAND JE SORS AVEC UNE FILLE, JE DEVIENS RAIDE DINGUE D'ELLE.
ÇA NE TE DÉRANGE PAS ?
...?!!
Je...
JE NE SAIS ABSOLUMENT PAS QUOI FAIRE !
JE VAIS FAIRE EN SORTE QUE, TOI AUSSI, TU DEVIENNES RAIDE DINGUE DE MOI.
ÇA NE FAIT RIEN.

IROHA AOYAGI...
ACCEPTES-TU DE SORTIR AVEC MOI ?
OU...
OUI !
JE NE L'AURAIS JAMAIS CRU.
MON PREMIER AMOUR, QUI N'EN EST PEUT-ÊTRE PAS UN...

... S'EST RÉALISÉ...
EUH...

PAH !
A... A... ATTENDS...
C'EST PAS UN PEU RAPIDE, LÀ ?!
TU N'AS PAS AIMÉ ?
SI, MAIS LÀ N'EST PAS LA QUESTION !!
TANT MIEUX, ALORS !
JE VIENS DE TE DIRE QUE LÀ N'ÉTAIT PAS LA QUESTION !!
J...
JE...
CE N'EST PAS QUE JE N'EN AIE PAS ENVIE...
... mais je pensais y aller plus progressivement.
MOI, J'EN AI ENVIE.
DÈS QUE J'EN AI L'OCCASION.
DÈS QU'IL EN A L'OCCASION ?!
Hmm...
MAIS SI ÇA NE TE PLAÎT PAS, JE PEUX ME RETENIR.
!
MAIS PAS TROP LONGTEMPS, QUAND MÊME.
!!!!
APRÈS TOUT...

... SI ON NE PASSE PAS TOUT SON TEMPS COLLÉ À LA PERSONNE QU'ON AIME...
... ÇA N'A AUCUN SENS.
MON PREMIER AMOUR S'EST RÉALISÉ.
NON...
J'AURAIS PEUT-ÊTRE DÛ DIRE "MON PREMIER AMOUR S'EST MALHEUREUSEMENT RÉALISÉ."

JE NE SAIS PAS SI...
Euh...
Euuuh...
Allez, Viens ! Je ne Vais rien te faire, promis !
... JE VAIS POUVOIR GÉRER CE PETIT AMI !!!!

Cases Bonus

Malgré sa grande taille, elle manque un peu de personnalité. Ça la travaille beaucoup.

Quand elle achète une crêpe, elle hésite toujours beaucoup entre banane-chocolat et fraise-crème pâtissière.

* JOUEUR DE TENNIS JAPONAIS, ÉGALEMENT COMMENTATEUR SPORTIF.

Chapitre 2

Un petit ami trop parfait?

ET DONC, VOUS SORTEZ ENSEMBLE ?!
KUSAKABE ET TOI ?!
OUI...
ÇA, POUR UNE SURPRISE !
HÉHÉHÉ ! JE TE REMERCIE !
JE SUIS SI CONTENTE QUE TU AIES TROUVÉ L'AMOUR !
HE...
TU NE TROUVES PAS QUE C'EST UN PEU TROP BEAU POUR ÊTRE VRAI ?

UN GARCON APPARAIT SOUDAIN DEVANT TOI, JEUNE FILLE INEXPÉRIMENTÉE EN AMOUR...
... ET TOI, TU TOMBES ÉPERDUMENT AMOUREUSE DE LUI.
J'AI COMME L'IMPRESSION QUE CETTE AFFAIRE CACHE QUELQUE CHOSE.
NE COMPARE PAS MON PREMIER AMOUR À UNE AFFAIRE CRIMINELLE !
Ah là là...
TU REGARDES TROP DE SÉRIES POLICIÈRES, SACCHI !
N'CROYEZ PAS QU'JE DOUTE DE LUI SANS RAISON VALABLE, MA P'TITE DAME !
Pourquoi tu prends cet accent ?
REGARDEZ-MOI CETTE BANDE DE MECS COMPLÈTEMENT TRANSPARENTS !!
Héhéhé
ZWIP
SA TAILLE, SON VISAGE, TOUT EST BANAL.
95 FILLES SUR 100 PASSERAIENT DEVANT LUI SANS MÊME LE REMARQUER !!
MOI, JE LE TROUVE MERVEIL-LEUX...

SANS OUBLIER QUE SON EX EST LA GRANDE GAGNANTE DU CONCOURS DE MISS DE L'AN DERNIER !
NE VENEZ PAS ME DIRE QUE VOUS NE TROUVEZ PAS ÇA LOUCHE !!!
OUI, MOI AUSSI, JE TROUVE ÇA VRAIMENT BIZARRE.
M... MOI AUSSI, POUR ÊTRE HONNÊTE...
IL JOUE AVEC TOI, IROHA !!
MA GRAND-MÈRE M'A TOUJOURS DIT DE NE PAS FAIRE CONFIANCE AUX GENS QUI SOURIENT TROP !!
AH, EUH...
JE SUIS ASSEZ D'ACCORD.
TU CROYAIS QU'IL NE S'INTÉRESSAIT PAS TROP À L'AMOUR, ET VOILÀ QUE TU DÉCOUVRES QU'IL A DÉJÀ EU TROIS COPINES.
ÇA CACHE FORCÉMENT QUELQUE CHOSE.
Exactement !!
C'EST UN LOUP DÉGUISÉ EN ADORABLE PETIT MOUTON !!
SES TECHNIQUES AMOUREUSES DOIVENT ÊTRE REDOUTABLES !!
DES...

DES TECHNIQUES AMOUREUSES REDOUTABLES ?!
CROYEZ-MOI, IL VA PROFITER DU FAIT QU'IROHA N'Y CONNAÎT RIEN EN AMOUR !
ET IL LUI FERA PLEIN DE TRUCS SANS QU'ELLE PUISSE DIRE QUELQUE CHOSE !
ENFIN BON ! AU MOINS, SORTIR AVEC LUI TE PERMETTRA DE GAGNER DE L'EXPÉRIENCE GRÂCE À TOUS CES "TRUCS".
MAIS ATTENTION ! LES "TRUCS" EN QUESTION QUE FONT LES GENS EXPÉRIMENTÉS...
... NE SONT PAS FORCÉMENT CEUX AUXQUELS PENSENT LES NOVICES COMME TOI !

QU'EST-CE QUE TU ENTENDS PAR "PLEIN DE TRUCS" ?!
HEIN ?
QU'EST-CE QUI TE PREND TOUT D'UN COUP ?
APPRENDS-LES-MOI ! J'AI BESOIN DE CONCRET !
EUH...
EH BIEN...
TU VOIS...
COMME S'EMBRASSER...
... PAR EXEMPLE...
POURQUOI TU ROUGIS, SACCHI ?
S'EMBRASSER...
COMMENT C'EST, LES BAISERS DE QUELQU'UN QUI A DE L'EXPÉRIENCE ?
EUH, BEN... DOUX ET RÉGULIERS...
SANS HÉSITATION.
COMME UNE RIVIÈRE QUI S'ÉCOULE.
TU TE RÉPÈTES BEAUCOUP.
S...

SANS HÉSITATION...!!
UN
DEUX
TROIS
MAINTENANT QUE J'Y PENSE...
... IL N'A PAS HÉSITÉ UNE SEULE SECONDE !!
MON PREMIER BAISER N'A DURÉ QUE QUELQUES SECONDES À PEINE !!
FOUAAAH
ふらっ...
AH...
?
QU'EST-CE QUI T'ARRIVE ?

JE CROIS QUE MON PETIT AMI VA ÊTRE UN PEU TROP DIFFICILE À GÉRER POUR MOI...!
IL EST TEMPS DE T'EN RENDRE COMPTE !
MAINTENANT QUE TU AS PRIS CONSCIENCE DE TA SITUATION, TE VOILÀ DEVENUE...
... UNE FEMME !
JE VOUS LAISSE DANS VOTRE DÉLIRE.
LES REPROCHES DE MES AMIES...
... DES TECHNIQUES AMOUREUSES REDOUTABLES...
... UN DÉBUT UN PEU ANGOISSANT.
DING DONG DANG DONG
キーンコーンカーンコーン
BON ! AVEC UN PEU DE CHANCE, MA PERSÉVÉRANCE PORTERA SES FRUITS !
ON RENTRE ENSEMBLE, AOYAGI ?

AVEC PLAISIR !
SACCHI, KASUMI...
KUSAKABE FERA LA ROUTE AVEC NOUS !

DÉSOLÉE...
IROHA N'A AUCUNE MAUVAISE INTENTION, ELLE NE SE REND SIMPLEMENT PAS COMPTE DE CE QU'IL SE PASSE.
HAHAHA ! OUI, JE M'EN DOUTAIS.
AH はっ !!
MAIS OUI ! IL VOULAIT QU'ON RENTRE ENSEMBLE RIEN QUE TOUS LES DEUX !
JE COMMENCE DÉJÀ À FAIRE N'IMPORTE QUOI.
JE N'Y CONNAIS RIEN EN PETITES HABITUDES DES COUPLES, MOI.
KUSAKABE...
RAS-SURE-MOI.
TU N'ES PAS EN TRAIN DE T'AMUSER, HEIN ?

SA...
QUOI ? QU'EST-CE QUE C'EST SUPPOSÉ VOULOIR DIRE ?

UNE...
UNE SECONDE !
ストップ!!
STOP
CE N'EST PAS TRÈS GENTIL, SACCHI !
TU...
KUSAKABE N'EST PAS DU GENRE À S'AMUSER AVEC LES SENTIMENTS DES AUTRES !
TU NE CONNAIS PAS SUFFISAMMENT LES GARÇONS POUR EN JUGER, IROHA.
JE NE M'ATTENDAIS PAS À CE QU'ELLE SE MONTRE AUSSI HOSTILE !
Je...
JE SUIS DÉSOLÉE POUR ÇA, KUSA-KABE.
Uuuh...

EN FAIT, JE LEUR AI PARLÉ DE NOTRE AMOUR NAISSANT…
… ET AUSSI DE TON EX-PETITE AMIE.
J'aurais dû t'en parler avant.
Regard assassin
AH ! JE COMPRENDS MIEUX.
Sacchi…
ÇA PARAIT LOUCHE QUE JE SOIS SORTI AVEC UNE FILLE COMME ELLE, HEIN ? JE SUIS ENTIÈREMENT D'ACCORD !
En plus, elle tenait à garder notre relation secrète. Hahaha !
C'EST… EUH…
CARRÉMENT !
SACCHI !
TAP
TAP
Ben…
BEN QUOI ? C'EST VRAI !
AUTANT DIRE CE QU'ON PENSE TOUT DE SUITE !
…
TU POURRAIS ME PRÊTER ÇA ?
QUOI, LE SEAU ?
SI TU VEUX, MAIS IL EST CRADE.
Je n'ai pas encore vidé l'eau utilisée pour le ménage.
T'EN FAIS PAS.
IL NE M'ÉCOUTE MÊME PLUS !!

ZWOUP
くるっ
SURSAUTE
ビクッ
Il écoutait.
ÇA, C'EST MON SMARTPHONE.
IL NE RESTE PROBABLEMENT PAS GRAND-CHOSE DES MESSAGES QU'ON S'EST ÉCHANGÉS...
... MAIS, EN TOUT CAS, TOUT CE QUE J'AI PU PARTAGER UN JOUR AVEC AIRI EST À L'INTÉRIEUR.
ET LES NUMÉROS DE MES AUTRES EX SONT AUSSI ENREGISTRÉS DEDANS.
...
?
ET ALORS ?
KUSAKABE...?

PLOUF !
AAAAAAH !!!!
Hé !
HÉ LÀ ! HÉ LÀ ! HÉ LÀ ! HÉ LÀ ! HÉ LÀ ! UNE SECONDE !
T'ES STUPIDE OU QUOI ?!
JE PENSE QUE TOUTES LES DONNÉES DEVRAIENT AVOIR ÉTÉ EFFACÉES.
C'EST PLUS QUE CERTAIN. ELLES ONT VÉCU LEURS DERNIERS MOMENTS !
NON MAIS... QU'EST-CE QUI T'A PRIS ?!
BLUP BLUP

JE N'AVAIS PLUS BESOIN DE TOUT CE QUI ÉTAIT ENREGISTRÉ DANS MON PORTABLE.
ET JE VOIS AOYAGI TOUS LES JOURS AU LYCÉE.
HEIN ...?
UN SMARTPHONE, ÇA PEUT ÊTRE PLUS PRÉCIEUX QUE NOTRE PROPRE VIE, ENFIN !
AOYAGI EST PLUS IMPORTANTE À MES YEUX.
QUE VAIS-JE...
... DEVOIR JETER D'AUTRE POUR QUE TU ME CROIES ?
C'EST BON, JE TE CROIS.
Ta sincérité m'a touchée, preux chevalier !!
PARFAIT !
PARDON D'AVOIR DOUTÉ DE LUI, IROHA !
ON A COMPRIS QU'IL ÉTAIT SÉRIEUX.
C'EST UN BON PETIT AMI !

SPLOUF
SPLASH
MAIS QUEL IDIOOOOOT !!!!
Heiiin ?!
TU RÉAGIS SEULEMENT MAINTENANT ?!
TU EN AS MIS DU TEMPS !!

IL N'EST PEUT-ÊTRE PAS TROP TARD...
FROTTE FROTTE FROTTE
ふきふきふきふきふき
FROTTE FROTTE ふきふき
PIC ビクビク PIC
QUELQU'UN...!
FROTTE FROTTE
... QUELQU'UN N'AURAIT-IL PAS UN SAC DE CONGÉLATION HERMÉTIQUE ET DU RIZ CRU SUR LUI, PAR HASARD ?!
PERSONNE N'A ÇA !
ET PUIS LAISSE UN PEU KUSAKABE SE COMPORTER EN CHEVALIER S'IL LE VEUT.
PARMI VOUS...
MOI, J'EN AI !
Moi aussi.
Je fais partie du club de cuisine.
VOUS EN AVEZ !!
Vous auriez pu l'ignorer !!
JE PEUX VOUS L'EMPRUNTER ?
JE VOUS LE RENDRAI DÈS QUE POSSIBLE !
OUI, VAS-Y !
Pas de souci !
ÇA VA RÉPARER LE TÉLÉPHONE ?
MON ONCLE A DÉJÀ SAUVÉ LE SIEN COMME ÇA !
OOH...
TU SENS LE LAIT ET LE VIEUX TORCHON, IROHA...
...

LAISSE TOMBER, AOYAGI.
JE N'EN AI...
... VRAIMENT PLUS BESOIN, JE T'ASSURE.
ET SI ÇA PEUT AIDER TES AMIES À ME FAIRE CONFIANCE, JE...
JE NE LAISSERAI PAS TOMBER !
TU L'AS PEUT-ÊTRE FAIT POUR MOI...
... MAIS JE NE PEUX PAS TE LAISSER CASSER VOLONTAIRE-MENT DES CHOSES.
CE...

CE N'EST PAS POUR FORCER LES AUTRES À EN ARRIVER À DE TELLES EXTRÉMITÉS QUE JE VOULAIS TOMBER AMOUREUSE !
AH
JE ME REMETS À LE SERMONNER !!
JE LE PRENDS ENCORE DE HAUT !
...

JE TE DEMANDE…
… PARDON…
NON, C'EST MOI QUI TE DEMANDE PARDON !!
HIII !!
Il s'est encore excusé avant moi !!
J'ESPÈRE QUE ÇA VA ALLER…
… ET QUE JE NE L'AI PAS SAOULÉ.
HMMM…

AVEC UN PEU DE CHANCE, IL FONCTIONNERA TOUJOURS.
IL VAUT MIEUX LE LAISSER AU MOINS UNE JOURNÉE ENTIÈRE DANS LE SAC.
D'ACCORD.
JE TE REMERCIE.
HEIN ?
QUAND IL S'AGIT D'AMOUR...
... J'AGIS TOUJOURS AVANT DE RÉFLÉCHIR.
TU M'AS GRONDÉ, C'EST VRAI...

... MAIS ÇA M'A FAIT PLAISIR.
KUSAKABE...
MON INQUIÉTUDE...
... S'EST ENVOLÉE...
... EN UN INSTANT.
JE SUIS CONTENT D'AVOIR COMMENCE À T'AIMER, AOYAGI !

"SORTIR AVEC QUELQU'UN..."
FINALEMENT, C'EST PEUT-ÊTRE PLUS SIMPLE...
... QUE JE NE L'AVAIS TOUJOURS IMAGINÉ.
EUH... DEPUIS QUAND ON SE TIENT LA MAIN ?!
HAHAHA ! C'EST UN SECRET.
ÇA Y EST ! REVOILÀ TES TECHNIQUES REDOUTABLES !!
MES QUOI ?
ENFIN, PEUT-ÊTRE...

Cases Bonus

Présentation des amis de Kusakabe

J'espère que leur tour viendra...

Chapitre 3

J'ADMIRAIS ET J'ENVIAIS LES COUPLES QUI RENTRAIENT DE L'ÉCOLE EN SE TENANT LA MAIN.
GRÂCE À KUSAKABE, MON RÊVE S'ÉTAIT RÉALISÉ.
MAIS J'ÉTAIS IGNORANTE.
JE NE SAVAIS PAS CE QUE C'ÉTAIT QUE...
... DE SE TENIR LA MAIN SI LONGTEMPS !

QU...
QU'EST-CE QUE C'EST QUE ÇA ?!!
ぐっしょり…
TREMPÉE
VOILÀ CE QUI S'EST PASSÉ...
COMMENT JE POURRAIS M'Y PRENDRE POUR ÊTRE PLUS FÉMININE ?

OU, POUR ÊTRE PLUS PRÉCISE, CE QUE J'AIMERAIS, C'EST JUSTE DE NE PAS TRANSPIRER DES MAINS.
C'EST ÇA QUE TU APPELLES DE LA "FÉMINITÉ" ?
EN FAIT, CETTE HISTOIRE NE S'ARRÊTE PAS LÀ.
QUOI ?
LE PIRE ARRIVE SEULEMENT. TENEZ-VOUS BIEN.
IL Y A PIRE QUE D'AVOIR LA MAIN TOUTE SUINTANTE ET COLLANTE DE TRANSPIRATION ?
OUI...
DÉSESPÉRÉE À L'IDÉE D'AVOIR LA MAIN SUINTANTE ET COLLANTE DE TRANSPIRATION...
... JE ME SUIS DIT QUE SI EN PLUS ELLE PUAIT, JE PRÉFÉRAIS CARRÉMENT MOURIR SUR PLACE.
EFFECTI-VEMENT, LÀ, C'ÉTAIT GRAVE.

SNIF
DONC, POUR ÊTRE FIXÉE, J'AI SENTI MA MAIN.
GLOUPS
ET LÀ...
FOUAAAH
... ELLE SENTAIT SUPER-BON !!!
Savon rafraîchissant
HEIN ?!
COMMENT ÇA SE FAIT ?!
MOI AUSSI, J'AI TROUVÉ ÇA LOUCHE. ALORS, J'AI SENTI MA MAIN GAUCHE POUR VOIR, ET ELLE NE SENTAIT RIEN. D'AILLEURS, AUCUNE PARTIE DE MON CORPS NE DÉGAGEAIT CE DOUX PARFUM.
SNIF
SNIF
SNIF
SNIF
PEUT-ÊTRE MÊME QUE JE PUAIS. JE NE SUIS PLUS SÛRE DE RIEN.
MAIS, EN TOUT CAS, LA MAIN QUI TENAIT CELLE DE KUSAKABE SENTAIT BON !
AH
TU VEUX DIRE QUE...

OUI...
LA MAIN DE KUSAKABE SENTAIT BON !
KUSAKABE DÉGAGEAIT UN DOUX PARFUM DE FRAÎCHEUR...
... ET MOI, J'AVAIS LA MAIN TOUTE POISSEUSE ET COLLANTE !!
Ouiiiin ! C'est trop la honte !!!
MA PAUVRE...
TU ES FINIE EN TANT QUE FEMME.
Je vois...
ET DONC, C'EST POUR ÇA QUE TU VOUDRAIS GAGNER EN "FÉMINITÉ" ?
C'EST TON PREMIER AMOUR ET TON PREMIER PETIT AMI ! PAS ÉTONNANT QUE TU SOIS UN PEU NERVEUSE. NE T'EN FAIS PAS POUR ÇA !
COMMENT VEUX-TU QUE JE NE M'EN FASSE PAS ?!

SI SEULEMENT IL Y AVAIT UN MOYEN DE TE RENDRE MOINS NERVEUSE...
Quelle horreur !!
JE SUIS DÉJÀ TOUTE MOITE RIEN QUE D'Y REPENSER !!
EURK ! C'EST VRAI...
J'avoue.
C'EST PARCE QUE TU N'ES PAS HABITUÉE AUX GARÇONS, IROHA.
PAS HABITUÉE AUX GARÇONS ?
C'est-à-dire ?
Oui, oui !
PARLER RÉGULIÈREMENT AVEC DES GARÇONS OU ALLER FLÂNER AVEC EUX APRÈS LES COURS...
TU NE LE FAIS JAMAIS, JE ME TROMPE ?
...
JAMAIS !
C'est fréquent, oui.
Les filles font ça normalement ?
MAIS ELLE NE PEUT PLUS ALLER FLÂNER ET S'AMUSER AVEC DES GARÇONS.
JE M'EN DOUTAIS.
Maintenant, elle a Kusakabe.
AH !

...
OUBLIE CE QUE J'AI DIT.
QUOI ?!
ÇA VA ME TRAVAILLER MAINTENANT !
Hmm... C'est vrai...
DEMAIN, C'EST SAMEDI.
JE DOIS JUSTEMENT RETROUVER DES POTES DE MON ANCIENNE CLASSE.
JE ME DISAIS QUE TU POURRAIS VENIR AVEC MOI.
Ils sont tous super-accueillants.
...
T'ES PLUTÔT SOCIABLE, EN FAIT, SACCHI.
NORMAL, JE N'AI PAS EU DE PETIT AMI DEPUIS UN BAIL.
MAIS TU EN AS DÉJÀ EU, AU MOINS.
SI JE M'HABITUE AUX GARÇONS...
... JE NE SERAI PLUS AUSSI STRESSÉE ?

DONC, FINIES LES MAINS SUINTANTES ET COLLANTES ?!
JE VEUX VENIR !
JE PEUX ME JOINDRE À VOUS ?! S'TE PLAÎÎÎT !
JE VEUX BIEN, MOI...
JE VOUDRAIS ÊTRE UN PEU PLUS À LA HAUTEUR DE KUSAKABE EN TANT QUE PETITE AMIE.
ET POUR ÇA, JE TENTERAI TOUT CE QUI EST À MA PORTÉE !!
2-2
HEIN ?
UN KARAOKE AVEC DES GARÇONS ET DES FILLES ?
En train de l'aider.

BIEN SÛR QUE TU PEUX Y ALLER.
C'EST VRAI ?!
ÉVIDEMMENT.
SI ITÔ EST AVEC TOI, JE N'AI AUCUNE RAISON DE M'INQUIÉTER.
Itô = Sacchi
GÉNIAL ! MERCI !
J'ÉTAIS PERSUADÉE QUE TU NE SERAIS PAS D'ACCORD.
EN PARTIE PARCE QUE SACCHI ÉTAIT SÛRE QUE TU DIRAIS NON.
AH BON ? POURQUOI ?
D'APRÈS ELLE, TU AS L'AIR POSSESSIF.
HAHAHA !
OUI, JE LE SUIS PROBABLEMENT.
AH OUI ?!
SI TU L'ÉTAIS VRAIMENT, TU AURAIS PLUTÔT DIT UN TRUC DU GENRE...

NE PARLE PAS AUX AUTRES GARÇONS !!
GRAAAH
ENFIN, TU VOIS, QUOI...
JAMAIS JE NE DIRAIS OU NE PENSERAIS UNE CHOSE PAREILLE.
JE TIENS À CE QUE TU RESTES TOI-MÊME, COMME D'HABITUDE.
KUSAKABE EST VRAIMENT DOUX ET POSÉ COMME GARÇON.
AH...

AU FAIT ! MON SMARTPHONE EST RÉPARÉ !
C'EST VRAI ?!
OUI, ÇA TIENT DU MIRACLE !
ÇA VALAIT LE COUP D'ESSAYER !
Je suis contente qu'on ait pu le sauver !
GRAB

HEIN...?
KU...

KUSAKABE ?!

S'IL SE PASSE QUOI QUE CE SOIT, N'HÉSITE PAS À ME CONTACTER.
D...
D'ACCORD...
SMILE

AVEC CETTE MARQUE, JE PENSE QUE TU PEUX ÊTRE TRANQUILLE.
HEIN ?
Une marque ?
OUAAH ! C'EST QUOI, ÇA ?!
Depuis quand je l'ai ?!
TU ES À MOI, AOYAGI.
CETTE MARQUE LE PROUVE.
Heiiiin ?!
C'EST COURANT, CE GENRE DE PREUVE, DANS LE DOMAINE AMOUREUX ?!
ET PUIS C'EST QUOI, AU JUSTE ?!
Qu'est-ce que tu m'as fait ?!
Hein ?
CE QUE C'EST ?

BEN, UN SUÇON !
UN...
UN SUÇON ?!
C'EST ÇA, ALORS, LE FAMEUX SUÇON ?!
CE N'EST PAS CENSÉ AVOIR LA FORME DES LÈVRES ?!
Je n'en savais rien, moi !!!
Image
CE N'EST PAS RIEN, CE QU'IL VIENT DE ME FAIRE.
Elle le réalise seulement.
JE N'AI PAS ÉTÉ ASSEZ VIGILANTE.
C'EST VRAI...
KUSAKABE AVAIT PRÉVENU QU'IL M'EMBRASSERAIT À LA MOINDRE OCCASION.
MAIS IL AVAIT AUSSI DIT QU'IL SE RETIENDRAIT.
Satisfait
JE N'AI PAS TOUCHÉ TES LÈVRES, TU ES PRÉSERVÉE.
TU TROUVES ?!
IL FAUT ABSOLUMENT QUE JE M'HABITUE AUX GARÇONS !
C'EST VRAI, QUOI !!
EN CE MOMENT...

... JE TRANSPIRE TELLEMENT QU'ON POURRAIT PRESQUE RÉCOLTER DU SEL !!
SEL D'IROHA
Sel d'Iroha
Comestible
KARAOKE
BROUHAHA
De la bouffe, un vélo... ♫
Elle est bizarre, cette chanson !
HAHAHA
AHAHAH
BROUHAHA
Un débardeur et un jogging...
Dis ! Dis !
TU CONNAIS CETTE CHANSON, IROHA ?
OUI !
COOL ! ON SE LA FAIT ENSEMBLE ?
O.K. !
Tu chantes aussi, Sacchi ?
FINALEMENT, JE NE PARLE QU'AVEC LES FILLES.
C'est quoi, comme chanson ?
Une chanson qui parle d'amitié, d'amour et de courage.
DIFFICILE DE FAIRE AUTREMENT. JE SUIS ENCERCLÉE.
AH !

EXCUSE-MOI, JE PEUX T'EMPRUNTER LE MENU ?
UN GARÇON M'A PARLÉ !!
BIEN SÛR, TIENS !
ぱっ!!
PAH
MERCI BEAUCOUP.
TIENS...?
QU'EST-CE QUI T'EST ARRIVÉ AU COU ?
AH !
QU'EST-CE QUE JE VAIS POUVOIR INVENTER ?!
EUH... EH BIEN...
JE NE PEUX QUAND MÊME PAS DIRE QUE C'EST UN SUÇON !
C'EST TROP GÊNANT !!
EUH...

JE ME SUIS BRÛLÉE AVEC MON FER À LISSER !
Haha haha !
DUR, DUR D'ÊTRE UNE FILLE !
J'ai du mal à l'imaginer.
ÇA PUE LE MEN-SONGE !
ET LUI, IL GOBE TOUT !
CE QU'IL PEUT ÊTRE NAÏF !
Ah !
C'est à moi.
C'est ma chanson.
UUH...
J'AI MENTiiiii !
C'EST UN PEU COMME SI J'AVAIS TROMPÉ KUSAKABE !!
DÉSOLÉE, JE VAIS AU PETIT COIN !
O.K.
IL FAUT QUE JE ME CHANGE LES IDÉES !
CLAC
AAH...

BONJOUR !
AH ?!?!
C'EST L'EX DE KUSA-KABE !!
ÇA, POUR UNE COÏNCIDENCE !!!
SURNOMMÉE LA MISS DU LYCÉE !!
B... BONJOUR !
MON COEUR N'A PAS UNE SECONDE DE RÉPIT.
ELLE SENT SI BON, C'EST RAFRAÎCHISSANT.
TU SORS AVEC HARUKI ?

JE ME DEMANDE CE QU'ELLE VA ME DIRE !
O... OUI !
JE NE SAVAIS PAS, EXCUSE-MOI POUR L'AUTRE JOUR.
Je me suis un peu emportée.
NON...
ET PUIS ON NE SORTAIT PAS ENCORE ENSEMBLE À L'ÉPOQUE.
AH BON ! JE VOIS.
MAIS J'AI QUAND MÊME DÛ TE METTRE MAL À L'AISE.
J'AI TENDANCE À NE PAS FAIRE ATTENTION À MON ENTOURAGE.
Pardon.
CONTRAIREMENT À CE QUE J'IMAGINAIS...
... CETTE FILLE EST PLUTÔT SYMPA, EN FAIT.
FSHH

OOOH ?
HARUKI EST DÉJÀ PASSÉ À L'ACTION AVEC TOI ?
MOI, IL ME LES FAISAIT LÀ OÙ ON NE POUVAIT PAS LES VOIR.
Huhu
PRENDS GARDE À TOI, D'ACCORD ?
HARUKI EST POSSESSIF, ET TU N'AS ENCORE RIEN VU.
PAR EXEMPLE...

DÉSOLÉE, MAIS JE NE VEUX PLUS RIEN ENTENDRE !
HOCHE
SI TU VEUX BIEN M'EXCUSER !
MAIS JE NE L'AIME PAS BEAUCOUP.
C'ÉTAIT MALPOLI, JE L'ADMETS.

"PRENDS GARDE À TOI, D'ACCORD ?"
"HARUKI EST POSSESSIF..."
"... ET TU N'AS ENCORE RIEN VU."

Cases Bonus

À l'accueil...

Chapitre 4

"PRENDS GARDE À TOI, D'ACCORD ?"
"HARUKI EST POSSESSIF, ET TU N'AS ENCORE RIEN VU."
"MOI, IL ME LES FAISAIT LÀ OÙ ON NE POUVAIT PAS LES VOIR."
JE N'AIME PAS ÇA !
JE N'AIME PAS ÇA !
CLANK
カチャッ

バタンッ
CLAC
...
HAN
はぁ
HAN
はぁ
...
QU'EST-CE QUE C'EST ?
HUU
ふぅ
HUU
ふぅ
QUEL EST CE SENTIMENT ? COMMENT M'EN DÉBARRASSER ?
TE REVOILÀ, IROHA !
ON ÉTAIT JUSTEMENT EN TRAIN DE FORMER LES ÉQUIPES POUR UN PETIT CONCOURS DE CHANT.
SACCHI...

ES CHAMPIGNONS (KINOKO) ET
S POUSSES DE BAMBOU (TAKENOKO)
ONT DEUX SORTES DE BISCUITS DE
MÊME MARQUE, QUI SE LIVRENT UNE
ERRE ACHARNÉE DEPUIS LEUR CRÉATION.

TU AS CROISE L'EX DE KUSAKABE ?!
Elle n'est plus là hein ?
OUI...
そわ AGITÉE
そわ AGITÉE
ET DONC ?
Qu'est-ce qu'elle t'a dit ?
SACCHI...
TU AS REMARQUE LA MARQUE DANS MON COU ?
AH...
J'avais vu juste.
OUAIS...
ELLE AUSSI, ET ELLE L'A JUSTEMENT MENTIONNÉE.
"MOI, IL ME LES FAISAIT LÀ OÙ ON NE POUVAIT PAS LES VOIR."
C'est ce qu'elle a dit.

Laisse tomber, c'est juste de la provoc !
HEIIIN ?! C'EST QUOI, ÇA ?!
ELLE ESSAYE DE JOUER À CELLE QUI CONNAIT LE MIEUX KUSAKABE ?!
ELLE AVAIT L'AIR FIÈRE EN LE DISANT.
JE...
ALORS QUE MOI, J'AI MENTI POUR LE CACHER.
JE...

JE CROYAIS QUE SORTIR AVEC QUELQU'UN ME RENDRAIT HEUREUSE SANS CONDITION.
JE SAVAIS QU'ON AURAIT DES DISPUTES, ÉVIDEMMENT.
MAIS JE PENSAIS QU'À DEUX, ON POURRAIT SURMONTER LES PROBLÈMES.
VOILÀ POURQUOI...
CE SUÇON DANS MON COU...
... LA CULPABILITÉ QUE JE RESSENS D'AVOIR MENTI...
... LE CAFARD QUE SON EX ME FILE...
... MES MAINS MOITES...
Ah oui, il y avait ça aussi.
... JE NE PENSAIS PAS ME PRENDRE TOUT ÇA EN PLEINE FACE, D'UN SEUL COUP.
JE M'EN DOUTAIS.
EN AMOUR...
... JE SUIS UNE GRANDE DÉBUTANTE.
SORTIR AVEC UN GARÇON...

... S'AVÈRE TROP COMPLIQUE POUR MOI.
IL Y A TROP DE TÂCHES.
JE N'ARRIVE PAS À TOUT GÉRER.
TU TE PRENDS POUR UNE BUSINESS-WOMAN ?
Des tâches...
TU PRÉFÉRERAIS RETOURNER À L'ÉPOQUE OÙ TU N'ÉTAIS PAS AMOUREUSE ?
HEIN ?
TES SOUCIS SONT TOUS DUS À TON AMOUR POUR KUSAKABE.
SI TU ÉTAIS RESTÉE COMME AVANT, SANS CONNAITRE L'AMOUR, TU NE TE PRENDRAIS PAS AUTANT LA TÊTE.

VOUDRAIS-TU RETOURNER À L'ÉPOQUE OÙ KUSAKABE NE FAISAIT PAS PARTIE DE TA VIE ?
NON
ふる
NON
ふる

LA VIE NOUS APPORTE TOUJOURS SON LOT DE SOUCIS ET DE PRISES DE TÊTE, TU SAIS !
TU EN AS DEUX OU TROIS DE PLUS, ET ALORS ? CE N'EST PAS LA FIN DU MONDE !
JE LA TROUVE BIEN OPTIMISTE, D'UN COUP.
SI TU ES ENCORE STRESSÉE MALGRÉ TOUT, HUUUM...
BON ! CE N'EST QUE MA FAÇON DE VOIR LES CHOSES, HEIN !
MAIS ESSAIE DE T'IMAGINER SANS VÊTEMENTS, SANS NOURRITURE ET SANS LOGEMENT.
Tu verras à quel point le reste te semblera futile.
...
LES MAINS MOITES EN TENANT LA MAIN DE TON COPAIN ?
JE RACCOMMODE MES VÊTEMENTS, JE SUIS OCCUPÉE, MOI !
Iroha
Tu n'as qu'à te laver les mains !
IL T'A FAIT UN SUÇON ?
TROUVER ASSEZ DE PROTÉINES POUR SE NOURRIR CORRECTEMENT, ÇA, C'EST UN VRAI PROBLÈME !
Vaut-il mieux manger des insectes ou des oiseaux ?!
BLOP
BLOP
TU AS CROISÉ SON EX ET ELLE T'A DIT DES CHOSES QUI TE DÉPLAISENT ?
MOI, JE DOIS CHERCHER UN MOYEN DE CONSOLIDER CE QUI ME SERT DE MAISON !
Les cartons ne résistent pas bien au vent ni à la pluie.
CHOU CHINOIS
Producteur régional
À fond la forme !

HA HA HA
C'EST PAS FAUX...
Ça me semble étrangement stupide maintenant.
TANT QUE NOS PROBLÈMES...
... NE MENACENT PAS DIRECTEMENT NOTRE VIE, DANS LE FOND, CE N'EST PAS SI GRAVE !
Hahaha ! Ça permet de tout surmonter !
OUI, SACCHI A RAISON.
IL N'Y A PAS QUE L'AMOUR DANS LA VIE.
On y retourne ?
Oui !
CLAC !
BAM !

HÉ !
ÇA SUFFIT, LÂCHE-MOI !
HARUKI !
JE LE FERAI SI TU RÉPONDS À MES QUESTIONS.
DE QUOI AS-TU PARLÉ AVEC MA PETITE AMIE ?
JE NE LUI AI RIEN DIT DU TOUT !
TU MENS.
SI TU TIENS TANT À LE SAVOIR, TU N'AS QU'À LE LUI DEMANDER DIRECTEMENT !

MAIS NON, TU NE LE LUI DEMANDERAS JAMAIS, ÉVIDEMMENT.
TU PASSERAIS POUR UN TARÉ.
CE SERAIT COMPRÉHENSIBLE, PUISQU'ELLE DÉCOUVRIRAIT QUE SON PETIT AMI L'A SUIVIE À SA SOIRÉE POUR L'ESPIONNER.
ELLE SERAIT DÉGOÛTÉE...
... ET TE DÉTESTERAIT.
...

OOH !
JE VOIS QUE TU COMMUNIQUES AVEC TOUT UN TAS DE MECS, AIRI.
HEIN ?!
QUOI ?!
DEPUIS QUAND TU AS MON TÉLÉPHONE ?!
T'es aussi doué qu'un pickpocket, ma parole !!!
Conversations
Satoshi vous a envoyé un sticker
Ryûta On se voit quand ?
Naoki ♡ Je suis arrivé ❤
Sôta
CE SERAIT DOM-MAGE...
... QUE TON COPAIN, AVEC QUI TU ES VENUE CE SOIR, DÉCOUVRE TOUTES CES CONVERSATIONS.
!
MAINTENANT, RÉPONDS À MES QUESTIONS.
QU'AS-TU DIT À MA PETITE AMIE ?
...

MAIS JE NE LUI AI RIEN DIT DU TOUT !!
C'est si compliqué de me croire ?!
Oui.
D'ACCORD, JE VAIS ÊTRE HONNÊTE !
JE VOULAIS LUI DIRE QUE, POUR GARDER TA COPINE, TU ÉTAIS DU GENRE À NE PAS HÉSITER À ALLER MENACER TON EX !
QUE TU ALLAIS VOIR LES MECS À QUI JE PARLAIS POUR NE PLUS QU'ILS M'APPROCHENT !
OUI ! JE VOULAIS LUI DIRE QUE, DANS LE FOND, TU ÉTAIS UN VRAI DÉTRAQUÉ !
HAHAHA ! TU AVAIS REMARQUÉ QUE J'ALLAIS LEUR DIRE DE NE PLUS T'APPROCHER ?
Mais ça, c'était quand on sortait ensemble.
PLUS PERSONNE N'OSAIT M'APPROCHER ! DIFFICILE DE NE PAS COMPRENDRE !
Airi, un jour...
DOOOM
Tiens ?
Tout le monde me fuit ces temps-ci.
JE VOULAIS LUI DIRE DU MAL DE TOI POUR ME VENGER...
HEIN ?
... MAIS ELLE NE M'EN A PAS LAISSÉ LE TEMPS.
CETTE FILLE...

... EST PARTIE EN CRIANT QU'ELLE NE VOULAIT RIEN ENTENDRE.
ALLEZ !
TU PEUX ME RENDRE MON TÉLÉPHONE ?
...
JE VOIS...

CLANK
ガチャ
TIENS ! J'Y VAIS, MOI !
ET SOIS HEUREUSE POUR LE RESTANT DE TES JOURS AVEC TON NOUVEAU COPAIN.
CLAC
バターン
...
VLAM
ガチャ
TU CROIS QUE TU PEUX ME FOUTRE À LA PORTE COMME ÇA, NON MAIS ?!
QUOI ? TU NE VOULAIS PAS SORTIR ?
JE N'AURAIS JAMAIS IMAGINÉ QUE TU POUVAIS ÊTRE AUSSI FROID ET DÉSAGRÉABLE AVEC TON EX !
QU'EST-CE QUI TE FAISAIT CROIRE QUE J'ALLAIS ÊTRE GENTIL AVEC TOI ?
Tu...
TU L'AS TOUJOURS ÉTÉ !
Entre filles ou seule
AH BON ?
Oui !!
COMME ON NE SE CROISAIT PAS BEAUCOUP À L'ÉCOLE, TU VENAIS ME VOIR TOUS LES JOURS !
ET QUAND JE DISAIS QUE TU ME MANQUAIS, TU VENAIS ME RETROUVER À N'IMPORTE QUELLE HEURE !

MÊME QUAND J'ÉTAIS DE MAUVAISE HUMEUR ET QUE JE PASSAIS MES NERFS SUR TOI, TU ME PARDONNAIS TOUT !
C'EST PARCE QUE JE T'AIMAIS.
BAH OUI...
...
HARUKI...
MOI AUSSI, JE T'AIMAIS SINCÈREMENT.
J'AI ÉTÉ VEXÉE PARCE QUE JE N'ÉTAIS PLUS POPULAIRE ET JE L'AI TROMPÉ, MAIS...
... EN FAISANT UN PEU PLUS D'EFFORTS...
... IL ME DIRA PEUT-ÊTRE À NOUVEAU QU'IL M'AIME ?
Une brise sortie de nulle part
EN TOUT CAS, MAINTENANT, JE TE DÉTESTE !
Je t'en prie, casse-toi.
...

AU FAIT...
... MIS À PART L'AMOUR, ÇA T'ARRIVE DE TE PASSIONNER POUR QUELQUE CHOSE ?
Et elle est encore là...
Pff...
TU DOIS VRAIMENT AVOIR DU TEMPS À PERDRE POUR SUIVRE TA COPINE EN DOUCE PENDANT LE WEEK-END.
ON DIRAIT QUE L'AMOUR REPRÉSENTE TOUT POUR TOI.
NIVEAU PERSONNALITÉ, AVOUE QUE C'EST UN PEU FADE.
C'EST PAS FRANCHEMENT ATTIRANT CHEZ UN MEC.
Ça craint même un peu.
D'abord droite, puis gauche...
Indifférent
SI TU VEUX MON AVIS...
... ELLE FINIRA PAR TE TROUVER LOURD, ET TU VAS ENCORE TE FAIRE PLAQUER.

ET ALORS ? QU'EST-CE QUE ÇA PEUT TE FAIRE ?
CLAC
AU REVOIR !

ALLÔ, KUSAKABE ?

JE VOULAIS TE SIGNALER QUE TOUT S'ÉTAIT BIEN PASSÉ AUJOURD'HUI.
C'EST SACCHI QUI M'A SUGGÉRÉ DE T'APPELER.
AH ! TU ES DÉJÀ CHEZ TOI ?
OUAH !
C'EST LA PREMIÈRE FOIS QUE J'ENTENDS SA VOIX AU TÉLÉPHONE.
OUI, JE SUIS DANS MA CHAMBRE.
TU ES BIEN RENTRÉE ?
OUI !
IL M'A DEMANDÉ SI J'ÉTAIS BIEN RENTRÉE !
COMMENT C'ÉTAIT, LE KARAOKÉ ?
TRÈS CHOUET-TE !
IL S'EST PASSÉ UN TAS DE CHOSES. HEUREU-SEMENT QUE SACCHI ÉTAIT LÀ.
AH BON ! TANT MIEUX.
ET TOI, QU'EST-CE QUE TU AS FAIT AUJOURD'HUI ?
JE SUIS CONTENTE.
J'ARRIVE À LUI PARLER PLUS FACILEMENT QUE JE NE LE PENSAIS.
MOI ? EH BIEN...

... J'AI RESPIRÉ.
HAHAHA ! TU PARLES COMME UN PETIT GARÇON !
HAHA HA !
L'AMOUR...
... N'EST QU'UNE PETITE PARTIE DE LA VIE.
SI JE N'INTÈGRE PAS ÇA, MA TÊTE FINIRA PAR EXPLOSER.
J'AI TOUJOURS VÉCU SANS RELATION AMOUREUSE. IL FAUT QUE J'APPRENNE TOUT.
Et je me suis fait une nouvelle amie !
Elle s'appelle Midori, elle est dans la classe 5. On a beaucoup de points communs, on est faites pour s'entendre !
TOC
TOC
コッ
コッ

CLANG ガチャ
ON MANGE, IROHA.
J'ARRIVE TOUT DE SUITE !
TU VAS MANGER ? JE RACCROCHE, ALORS.
D'AC-CORD...
JE SUIS UN PEU TRISTE...
... MAIS ON SE VERRA À L'ÉCOLE.
BON, BEN...
AH ! AOYAGI...
OUI ?
JE T'AIME !

L'AMOUR...
... N'EST QU'UNE PETITE PARTIE DE LA VIE.
À BIENTÔT !
UNE PETITE PARTIE...!!!
Rien que ça !!!!

Cases Bonus

La guerre champignons-pousses de bambou
TEAM POUSSES DE BAMBOU
TEAM CHAMPIGNONS
FIUUH
ぽつん
ATTENDEZ ! JE SUIS TROP DÉSAVANTAGÉE, LÀ !
JE NE PEUX PAS ÊTRE LA SEULE À PRÉFÉRER LES BISCUITS CHAMPIGNONS ?!
BEN...
DOM
ざわ
DOM
ざわ
LES CHAMPIGNONS, VOILÀ QUOI...
AUTANT MANGER DES POCKY...
JE POURRAIS DIRE LA MÊME CHOSE DES POUSSES DE BAMBOU !
ざわ...
BLA
BLA
ざわ...
FINALEMENT, LES ÉQUIPES ONT ÉTÉ TIRÉES AU SORT.

Kusakabe, pendant ce temps-là...
Ooh ! C'est ça ?
IL A TESTÉ LE PETIT JEU DE HASARD DU JOUR.

Chapitre 5

* ARI WORI HABERI IMA SOKARI : CONJUGAISON EN JAPONAIS CLASSIQUE.

QUAND JE RESTE DANS MA CHAMBRE, J'AI TOUJOURS ENVIE DE FAIRE LE MÉNAGE.
ET PUIS JE N'ARRÊTE PAS DE ME GOINFRER DE BONBONS.
MOI, JE SUIS CONTENT À CHAQUE FOIS QUE JE REGARDE MON CALENDRIER ET QUE JE VOIS QUE LA DATE SE RAPPROCHE !
MAIS T'ES UN MASOCHISTE, C'EST PAS POSSIBLE !
POUR TOUT TE DIRE, JE SERAIS PLUS SADIQUE QUE MASO-CHISTE...
...
À MON AVIS, ON N'EST PAS SUR LA MÊME LONGUEUR D'ONDE.
DE QUOI TU PARLES, AOYAGI ?
BEN, DES EXAMENS...
AH, JE M'EN DOUTAIS.
MOI, JE PARLAIS DE NOTRE ANNIVERSAIRE.

ÇA VA BIENTÔT FAIRE UN MOIS QU'ON EST EN COUPLE.

LES PREMIERS EXAMENS APPROCHENT.
L'ANNIVERSAIRE DE NOTRE PREMIER MOIS ENSEMBLE APPROCHE !!!
OOOH !
ÇA FAIT DÉJÀ SI LONGTEMPS ?!
OUI !
J'AI ÉTÉ LA PREMIÈRE SURPRISE !
ET DONC...
... KUSAKABE M'A DIT QU'IL VOULAIT CÉLÉBRER L'ÉVÉNEMENT AVEC MOI.
QUEL HOMME DÉVOUÉ !
Félicitations ! ♡
UN MOIS, CE N'EST PAS RIEN, ÇA SE FÊTE.
LA PROCHAINE ÉTAPE SERA PROBABLEMENT VOS SIX MOIS, PUIS VOS UN AN.
C'EST CE QUE FÊTENT LA PLUPART DES COUPLES, IL ME SEMBLE.

KUSAKABE M'A DIT QU'IL VOULAIT FÊTER NOTRE ANNIVERSAIRE TOUS LES MOIS.
WAOUH !
PLUS QUE DÉVOUÉ !!
SE REMÉMORER SON ANNIVERSAIRE DE COUPLE CHAQUE MOIS ET ORGANISER UNE PETITE CÉLÉBRATION, ÇA FAIT UN PEU CÉRÉMONIE POUR LES ANNIVERSAIRES DES MORTS !
Il va pas bien, lui !
C'EST QUOI, CETTE COMPARAISON, SACCHI ?
ET COMMENT IL COMPTE FÊTER ÇA ?
IL VOUDRAIT QU'ON AILLE S'ACHETER QUELQUE CHOSE D'ASSORTI.
KYAAH ! UN RANCARD APRÈS LES COURS ?! TROP BIEN !
OUI !
PAR CONTRE, ON N'A PAS ENCORE DÉCIDÉ DE CE QU'ON ALLAIT ACHETER.
Vous avez des suggestions ?
UN PORTE-CLÉS ?
Ça ne fait qu'un mois.
OH ! BONNE IDÉE !
On pourrait les accrocher à nos sacs !
OU UNE COQUE DE PORTABLE, DE LA PAPETERIE, UN VÊTEMENT QUE VOUS POURRIEZ PORTER EN RANCARD...
On trouve plein d'idées en cherchant un peu !
PAS BÊTE...!

Coques de portable
Portemines
WAOUH !
TOUTES LES PROPOSITIONS ME TENTENT À MORT !
Sneakers
PEU IMPORTE CE QUE VOUS ACHETEZ, N'OUBLIE PAS QUE ÇA TOMBE AVANT LES EXAMENS.
J'AI TROP HÂTE !
Porte-clés
AH...!
J'avais zappé...
IL N'Y A PAS QUE L'AMOUR.
JE DOIS GARDER EN TÊTE...
... LA LEÇON QUE J'AI APPRISE L'AUTRE JOUR.
ET C'EST AINSI...
... QU'ARRIVA FINALEMENT L'ANNIVERSAIRE DE NOTRE PREMIER MOIS ENSEMBLE !!!

Bagues
assorties

VOILÀ LES MODÈLES QU'ON RECOMMANDE GÉNÉRALEMENT AUX LYCÉENS ET AUX ÉTUDIANTS.
JE VOIS...
ATTENDS !
ATTENDS, ATTENDS, ATTENDS ! UNE PETITE SECONDE !
Prenez votre temps.
Euh...
JE T'AI SUIVI ICI PARCE QUE TU DISAIS VOULOIR ACHETER QUELQUE CHOSE...
MAIS QU'EST-CE QUE C'EST QUE ÇA ?
COMMENT ÇA ?
CE SONT DES BAGUES ASSORTIES, ÉVIDEMMENT.
DES BAGUES ASSOR-TIES ?!
C'EST UNE CHOUETTE IDÉE POUR UN PREMIER CADEAU D'ANNIVERSAIRE, TU NE TROUVES PAS ?
LESQUELLES TU PRÉFÈRES, AOYAGI ?
...

Question !
TU NE PLACERAIS PAS LA BARRE UN PEU TROP HAUT POUR UN PREMIER CADEAU ?!
TU CROIS ?
BEN, LES BAGUES, EN GÉNÉRAL, C'EST LA DERNIÈRE ÉTAPE ! LA LIGNE D'ARRIVÉE !
DIIING DOOOONG
JE PENSAIS QUE C'ÉTAIT LA LIGNE DE DÉPART, MOI.
Le mariage n'est pas le point d'arrivée, mais le point de départ.
C'est le moment où les couples fondent leur propre foyer !
LES BAGUES, C'EST LE MARIAGE, LE COMMENCEMENT DE LA VIE DE COUPLE !
POURQUOI DES BAGUES, D'AILLEURS ?
IL Y A UN TAS D'AUTRES CHOSES QU'ON PEUT ASSORTIR !
Des coques de téléphone, des porte-clés.
NIVEAU BUDGET, EN PLUS, ÇA CORRESPOND MIEUX À UN PREMIER ANNIVERSAIRE...
CE QUE JE VOUDRAIS, C'EST QUE TU PENSES À MOI 24 HEURES SUR 24.
PARCE QUE MOI...
Bagues assorties

... JE PENSE SANS ARRÊT À TOI, AOYAGI.
JE TROUVAIS QUE LES BAGUES ÉTAIENT PARFAITES POUR DONNER FORME À CE SENTIMENT.
VOILÀ COMMENT...
... KUSAKABE ME VOIT...

M...
MAIS QUAND MÊME !
JE NE SUIS PAS SÛRE QUE CE SOIT TRÈS APPROPRIÉ POUR MOI EN CE MOMENT !
JE TROUVE QU'IL EST ENCORE UN PEU TÔT !!
SI ON COMPARAIT ÇA À UN RALLYE...
... C'EST COMME RECEVOIR LA RÉCOMPENSE APRÈS LE PREMIER TAMPON !
ÇA FAIT PLAISIR, MAIS ON SE SENT UN PEU DÉSEMPARÉ ET COUPABLE, PUISQU'ON N'A MÊME PAS TERMINÉ LA COURSE.
TAMPONS
C'EST L'EFFET QUE ÇA ME FAIT !!
SI ÇA TE FAIT PLAISIR, C'EST LE PRINCIPAL, NON ?
Dis-toi que tu as de la chance !
CE N'EST PAS AUSSI SIMPLE QUE ÇA...
CE N'EST PAS COMME SI C'ÉTAIT INJUSTE OU ILLÉGAL, MAIS J'AI QUAND MÊME L'IMPRESSION QUE SI !!
SI CE N'EST NI INJUSTE NI ILLÉGAL, JE NE VOIS PAS LE PROBLÈME.

ALORS ? LESQUELLES ON PREND ?
JE T'ACHÈTERAI CELLE QUE TU VOUDRAS !
...
MAIS ENFIN !
POURQUOI TU REFUSES DE COMPRENDRE CE QUE JE RESSENS ?!
CELLE QUI REFUSE DE COMPRENDRE, C'EST TOI, AOYAGI.
LES COUPLES QUI S'AIMENT VRAIMENT...
... PEUVENT S'OFFRIR DES BAGUES POUR FÊTER LEUR PREMIER MOIS DE COUPLE.

ÇA N'A RIEN D'EXTRAORDINAIRE, C'EST MÊME COURANT.
HEIN ?
VRAI-MENT ?
S'OFFRIR DES BAGUES SUPER TÔT, ÇA SE FAIT COURAMMENT DANS LE MONDE DES AMOUREUX ?!
...

N...
NON, NON, NON, NON ET RE-NON ! JE NE ME FERAI PAS AVOIR !!
J'AI FAIT MES PROPRES RECHERCHES !
J'étais à deux doigts de craquer, mais tu ne m'auras pas comme ça !
J'AI CHERCHÉ DES IDÉES EN UTILISANT LES MOTS-CLÉS "ANNIVERSAIRE DE COUPLE" ET "ASSORTI" !
POUR LES LYCÉENS, LES ACCESSOIRES QUE L'ON CONSEILLE SONT DES PORTEMINES, DES PORTE-CLÉS OU DES TRUCS DU GENRE !!
OOH !
TU PRÉFÈRES CROIRE INTERNET PLUTÔT QUE MOI, ALORS ?
C'EST QUOI, CET ARGUMENT DE YAKUZA ?!
SI JE DIS QUE LES CORBEAUX SONT BLANCS, C'EST QU'ILS SONT BLANCS, UN POINT C'EST TOUT.
FUUH ?!
IL N'A PAS L'AIR COMME D'HABITUDE.
QU'EST-CE QUI LUI ARRIVE ?

KUSA-KABE...
QUE S'EST-IL PASSÉ ?
HEIN ?
JE TE TROUVE UN PEU BIZARRE.
SI TU ÉTAIS TOI-MÊME, TU NE SERAIS PAS AUSSI MÉCHANT AVEC MOI.
DONC...

... JE VOUDRAIS SAVOIR S'IL S'EST PASSÉ QUELQUE CHOSE.
SI ÇA NE TE DÉRANGE PAS DE M'EN PARLER, J'AIMERAIS QUE TU LE FASSES.
J'IGNORE SI JE POURRAI T'AIDER OU PAS, MAIS...

C'EST FOU...
C'EST LA PREMIÈRE FOIS QU'ON ME DIT UNE CHOSE PAREILLE.
TU AS REMARQUE...
... QUE J'AVAIS DES SOUCIS.
OUI...
JE L'AI BIEN SENTI.
MAIS JE N'ARRIVE PAS À SAVOIR CE QUI TE TRACASSE AUTANT.
JE VOIS...

Ah ! Mais je ne voudrais surtout pas te forcer à en parler, hein !
JE NE FAIS PAS LE POIDS FACE À TOI.
?
JE N'AI ENCORE JAMAIS RACONTÉ ÇA À PERSONNE.
TU VEUX BIEN M'ÉCOUTER ?

EN FAIT, JE SUIS TRÈS LOURD.
C'est super-calorique !
ON N'AURAIT SANS DOUTE PAS DÛ PRENDRE UN FRAPPUCCINO !
HEIN ?
TU AS L'AIR SVELTE, POURTANT ! TU AS DE LA GRAISSE VISCÉRALE ?!
JE NE PARLAIS PAS DE MON POIDS.
C'était peut-être ambigu.
H'aaa...
TU VEUX DIRE QUE TU ES LOURD EN AMOUR ?

J'AI EFFECTIVEMENT DÉJÀ ENTENDU CETTE EXPRESSION, MAIS JE NE LA SAISIS PAS BIEN.
C'EST UNE MAUVAISE CHOSE ?
PLUTÔT, OUI.
C'EST TOUJOURS LA RAISON DE MES RUPTURES.
HEIN ?!
C'EST UN SUJET SÉRIEUX, ALORS !!
QU'EST-CE QUE C'EST CONCRÈTEMENT, ÊTRE LOURD ?
HMM...
VOYONS VOIR, COMMENT J'AI ÉTÉ LOURD AVEC TOI...
J'AI NOYÉ MON SMARTPHONE POUR TE PROUVER MA SINCÉRITÉ...
... JE T'AI FAIT UN SUÇON POUR TE MONOPOLISER...
... JE VOULAIS QU'ON S'ACHÈTE DES BAGUES, TOUJOURS POUR TE MONOPOLISER...
DES TRUCS DU GENRE.
...

ET ÇA, C'EST LOURD ?
Désolée, je ne comprends toujours pas.
...
ET PUIS...
... JE T'AI SUIVIE EN DOUCE JUSQU'AU KARAOKÉ.
ÇA AUSSI, C'EST ARRIVÉ.
HEIN ?
AU KARAOKÉ ? TU PARLES DE LA SOIRÉE DE L'AUTRE JOUR ?
OUI.
TU ÉTAIS LÀ AUSSI, KUSAKABE ?!
OUI...

Heiiiin ?!
Si j'avais su, je t'aurais proposé de venir chanter avec nous !
On s'est divisés en deux équipes, les champignons et les pousses de bambou. C'était marrant !
...
ÇA NE TE REPOUSSE PAS ?
BEN NON.
EUH...
Résumons...
SI J'AI BIEN COMPRIS, KUSAKABE...
... TU AS PEUR QUE ÇA N'AILLE PAS ENTRE NOUS PARCE QUE TU TE TROUVES LOURD ?
SI C'EST ÇA, NE T'EN FAIS PAS.
JE NE L'AI JAMAIS PENSÉ UNE SEULE SECONDE.
MAIS...

… CE QUE TU IGNORES, C'EST QUE JE SAIS ABSOLUMENT TOUT DE TOI.
JE SAIS QUE TU AS CROISÉ AIRI AU KARAOKÉ.
ET JE SAIS AUSSI QUE TU AS MENTI À PROPOS DU SUÇON EN DISANT QUE TU T'ÉTAIS BRÛLÉE AVEC TON FER À LISSER.

VOILÀ CE QUE C'EST, ÊTRE LOURD.
MAINTENANT, TU DOIS ME TROUVER REPOUSSANT.

Cases Bonus

Avant les examens...
LES EXAMENS APPROCHENT.
PFF... IL FAUT QUE J'ÉTUDIE.
JE VAIS D'ABORD RANGER UN PEU MON BUREAU.
Pas de place
MAINTENANT QUE C'EST DÉGAGÉ, AU BOULOT !
MAIS J'AI PERDU MA MOTIVATION...
JE SAIS !
J'AI UN JOUR ACHETÉ DU PARFUM D'INTÉRIEUR.
WAAH ! C'EST TROP MIGNON !
CETTE BONNE ODEUR VA M'AIDER À TRAVAILLER, C'EST SÛR !
PFFF...
Une pause s'impose.
ÇA M'A ÉPUISÉE DE RANGER ET D'INSTALLER LE DIFFUSEUR DE PARFUM.
BON ! IL EST 20 HEURES.
JE VAIS REPOSER MES YEUX PENDANT UNE PETITE HEURE, ET À 21 HEURES, JE M'Y METTRAI JUSQU'À 1 HEURE DU MATIN ENVIRON.
BLINK
ぱちっ
Mngh
ZZZZZ
すぴ
すぴ
ZZZZZ
チュン
チュン
CUICUI
JE N'AI PAS DORMI UNE HEURE, MAIS 10 HEURES !!

CE QUE TU IGNORES, C'EST QUE JE SAIS ABSOLUMENT TOUT DE TOI.
JE SAIS QUE TU AS CROISÉ AIRI AU KARAOKÉ.
ET JE SAIS AUSSI QUE TU AS MENTI À PROPOS DU SUÇON EN DISANT QUE TU T'ÉTAIS BRÛLÉE AVEC TON FER À LISSER.

"JE T'AI CACHÉ BEAUCOUP DE CHOSES."
AH ! DÉSOLÉE !
C'EST MOI QUI AI VENDU LA MÈCHE À KUSAKABE.

Chapitre 6

SAC-CHI...
PARDON !
ON PARLAIT DE TOUT ET DE RIEN, ET ÇA M'A ÉCHAPPÉ.
COMMENT J'AURAIS PU SAVOIR QU'IL ALLAIT T'ESPIONNER ET TOUT DÉTAILLER ?!
C'EST PAS FAUX...
JE N'IMAGINAIS PAS KUSAKABE COMME ÇA.
ET MAINTENANT QU'IL A FAIT SON COMING OUT EN TANT QUE MEC RELOU...
... IL NE VA PROBABLEMENT PLUS PRENDRE LA PEINE DE SE CACHER.
IMAGINEZ CE QUI SE PASSERAIT SI LES CHOSES NE FAISAIENT QU'EMPIRER, S'IL DEVENAIT DE PLUS EN PLUS POSSESSIF ET EMPÊCHAIT CARRÉMENT IROHA DE SORTIR ?!
Tu sais que je ne voulais pas en arriver là, hein ?
Mais si je veux que tu n'appartiennes qu'à moi, je n'ai pas le choix.
Tu me comprends, j'espère ?
ET SI TU LUI DIS QUE TU VEUX ROMPRE, IL RISQUE DE PÉTER UN CÂBLE MAINTENANT !!
JE VOIS LE GENRE ! CONNAISSANT KUSAKABE, ÇA SE POURRAIT TROP !!
APRÈS TOUT, IL T'A BIEN SUIVIE EN CACHETTE JUSQU'AU KARAOKÉ !
Je vais d'abord te tuer.
Ne t'en fais pas, je vais vite te rejoindre.

ET APRÈS, IROHA ?!
QU'EST-CE QU'IL A FAIT ENSUITE ?!
"VOILÀ CE QUE C'EST, ÊTRE LOURD."
"MAINTENANT, TU DOIS ME TROUVER REPOUSSANT."

JE ME SUIS EXCUSÉE D'AVOIR MENTI À PROPOS DE MON SUÇON !!
Je te demande pardon !!
Hein ?
T'ES SÉRIEUSE ?!
Beeen...
EN FAIT, ÇA ME TRAVAILLAIT.
MAIS JE NE SAVAIS PAS COMMENT ABORDER LE SUJET.
Je suis contente qu'il l'ait fait pour moi !
UNE PETITE SE-CONDE...
C'ÉTAIT CLAIREMENT PAS LA PREMIÈRE RÉACTION À AVOIR !
ÇA NE T'A PAS EFFRAYÉE QU'IL SACHE ABSOLUMENT TOUT DE TOI ?!
NON, J'ÉTAIS CONTENTE. JE N'AURAIS PAS DÛ ?
ÇA PROUVE QU'IL A ENVIE DE ME CONNAÎTRE, NON ?
HEIN ?!

EN PLUS, KUSAKABE A TOUJOURS L'AIR SÛR DE LUI.
LÀ, IL M'A OUVERTEMENT PARLÉ DE SES INQUIÉTUDES !
ÇA M'A FAIT PLAISIR !
L'AMOUR...
... C'EST CERTAINEMENT UNE RÉPÉTITION D'EXPÉRIENCES SIMILAIRES...
... POUR AVANCER ENSEMBLE.
CE SERAIT UN FREIN DANS LA RELATION POUR N'IMPORTE QUELLE PERSONNE CENSÉE...
J'HÉSITE ENTRE NAIVETÉ ET STUPIDITÉ...
AAOOYAAGIII !

JE T'AI EUE !
ぎゅっ
GRAB
OUAAAH !!
KU... KUSAKABE ?!
Q... Q... Q... QUE... QU'EST-CE QUE... QUE... QUE...?
Traduction : Qu'est-ce que tu fais ici ?!
LE PROF TE CHERCHE !
TU DOIS ALLER À LA SALLE DES PROFS.
HEIN ? AH... AH... AH... BON ?!
BON ! BEN, J'Y VAIS, ALORS.
Merci de m'avoir prévenue !
OUI !
...

?
EUH...
TU POURRAIS ME LÂCHER ?
J'Y SUIS OBLIGÉ ?

BIEN SÛR QUE TU Y ES OBLIGÉ, ENFIN !!
Bon courage !

ELLE VOUS A RACONTÉ ?
LE FAIT QUE JE SOIS LOURD, TOUT ÇA...
ELLE NOUS L'A RACONTÉ, OUI. ET ON VIENT D'EN AVOIR LA CONFIRMATION EN DIRECT.
VOUS N'ÊTES PAS SEULS, NON MAIS !
Exclusion !!
AOYAGI ÉTAIT ROUGE COMME UNE PIVOINE. C'ÉTAIT TROP CHOU.
IL VA FALLOIR REVOIR TA FAÇON DE FLIRTER AVEC ELLE ! C'EST CARRÉMENT LOURD, LÀ !
ET C'EST MA COPINE À MOI !
TU FAIS EXPRÈS DE NE RIEN COMPRENDRE ?!
はぁ…
PFFF
TU SAIS, TU...
QUAND JE LUI AI PARLÉ DU FAIT QUE J'ÉTAIS LOURD...
... J'ÉTAIS RÉSIGNÉ À ME FAIRE PLAQUER.

CELA DIT, UNE PARTIE DE MOI ESPÉRAIT QU'AOYAGI M'ACCEPTE.
OUAIS, DONC, EN GROS, T'ÉTAIS PAS DU TOUT RÉSIGNÉ À TE FAIRE PLAQUER.
Tu te contredis.
HAHA HA !
ET ELLE M'A VRAIMENT ACCEPTÉ COMME JE SUIS.
C'EST LA PREMIÈRE FOIS QUE JE RENCONTRE UNE FILLE COMME ELLE.

RÉSULTAT DES COURSES, JE L'AIME ENCORE PLUS QU'AVANT !
REGARDEZ ! ELLE EST PAS TROP MIGNONNE, MA COPINE ?!
C'est mon écran de veille.
QUEL RELOU !
SI ÇA CONVIENT À IROHA, ÇA ME CONVIENT AUSSI.
ESSAYE JUSTE DE NE PAS ÊTRE UN TROP GROS FARDEAU POUR ELLE.
ELLE MANQUE CRUELLEMENT D'EXPÉRIENCE DANS LE DOMAINE.
OUI, JE SAIS.
LA PREUVE !
J'AI ABANDONNÉ L'IDÉE DES BAGUES AU PROFIT DE PORTE-CLÉS !
On a pris le même !
C'est une bonne chose.
AH ?!

C'EST UN PORTE-CLÉS OURSON TOURNE-PAS-ROND ?!
C'EST QUOI, CE TRUC ?
QUOI ?!
TU NE CONNAIS PAS, SACCHI ?!
La forêt Tourne-pas-Rond
Il est plus connu sous le nom de l'ourson Tourne-Pas-Rond.
KUMAZÔ
C'EST L'OURSON KUMAZÔ. IL VIT DANS LA FORÊT TOURNE-PAS-ROND !!
L'ANIME RACONTE LES AVENTURES DE KUMAZÔ, QUI EST COMPLÈTEMENT RAIDE DINGUE, MÊME UN PEU TROP, DE CHAT-PERON ROUGE !
PAR EXEMPLE ?
KUMAZÔ A TUÉ LE VILAIN MÉCHANT LOUP QUI VOULAIT MANGER LE PETIT CHAT-PERON ROUGE !
Oui, c'est vrai !
JE M'IDENTIFIE BEAUCOUP À KUMAZÔ.
C'est quoi, ce truc ? Un anime ?!
C'EST AUTORISÉ ?!
ET POURQUOI TU T'IDENTIFIES À CET OURSON PSYCHOPATHE OBSÉDÉ, TOI ?!
PARCE QUE C'EST LE PERSONNAGE PRINCIPAL.
TROP GLAUQUE !!
SALLE DES PROFESSEURS
VOILÀ POURQUOI, AOYAGI...
... TU RESTERAS TOUS LES JOURS APRÈS LES COURS JUSQU'AUX EXAMENS DE RATTRAPAGE.

N'OUBLIE PAS QUE SI TU AS ENCORE UNE SEULE NOTE DANS LE ROUGE APRÈS LES RATTRAPAGES, TU DEVRAS RESTER ICI À ÉTUDIER AU LIEU DE PARTICIPER AU VOYAGE SCOLAIRE. ALORS, RESSAISIS-TOI.
Résultats des examens
2e année, classe 2, N° 1, Iroha Aoyagi
Japonais moderne 71
Japonais classique 37
Anglais II 45
Maths II 7
Maths B 12
Histoire 48
Géographie 4
Biologie 50
Chimie 9
Total 320/900
Classement 268/320
J'AI TROIS NOTES DANS LE ROUGE !
JE VAIS DEVOIR RESTER APRÈS LES COURS !
ET EN PRIME, JE RISQUE DE NE PAS POUVOIR PARTICIPER AU VOYAGE SCOLAIRE ! C'EST LE POMPON !
Tout va bien ?
HÉ HO, AOYAGI...
DOOOM
DING
DONG
DONG
DANG
J'AI ECHOUE !!
PARDON !
À PARTIR D'AUJOURD'HUI, TU DEVRAS RENTRER SANS MOI !!

BROUHAHA
ザワ
ザワ
BROUHAHA
AH BON ?
TU AS DES NOTES DANS LE ROUGE, TOI ?
Je pensais que tu avais tout juste la moyenne, normalement.
BEN...
QUAND J'ÉTUDIE À FOND, J'AI TOUT JUSTE LA MOYENNE, OUI.
ÇA VEUT DIRE QUE TU N'AS PAS BIEN RÉVISÉ POUR CES EXAMENS ?
...
EUH...
NON...
JE N'ARRIVAIS PAS À ME CONCEN-TRER.
JE NE PEUX PAS LUI AVOUER QUE SI JE N'AI PAS RÉVISÉ, C'EST PARCE QUE J'ÉTAIS TROP EMBALLÉE À L'IDÉE D'AVOIR UN COPAIN.

IL EST EN TRAIN DE DÉCHANTER.
JE VOIS...
JE VAIS T'ATTENDRE JUSQU'À CE QUE TU AIES TERMINÉ !
NE SOIS PAS BÊTE !
EN PLUS, JE COMPTAIS RESTER TRAVAILLER PLUS LONGTEMPS !
EH BIEN, JE T'ATTENDRAI PLUS LONGTEMPS.
MOI...

... J'AI EU DE BONNES NOTES. JE POURRAI T'AIDER, SI TU VEUX.
OH MY GOD...
ET DIRE QUE LE PREMIER DU CLASSEMENT SE TROUVAIT LÀ, SI PROCHE DE MOI...
Les résultats de Kusakabe
Je n'ai plus jamais eu 100 points dans aucune branche depuis l'école primaire.
Résultats des examens
2e année, classe 2, N° 12, Haruki Kusakabe
Japonais moderne 100
Japonais classique 98
Anglais II 99
Maths II 100
Maths B 98
Histoire 97
Géographie 100
Biologie 100
Chimie 100
Total 892/900
Classement 1/320
ET MOI, J'AI TROIS NOTES DANS LE ROUGE. IL VAUT MIEUX QUE J'ACCEPTE SON OFFRE.
D'ACCORD, JE COMPTE SUR TOI.
IL EST TOUJOURS AUSSI GENTIL.
FAISONS DE NOTRE MIEUX !
QUELLES MATIÈRES TE POSENT PROBLÈME ?
JE VAIS ME PRÉPARER LE TEMPS QUE TU FINISSES.
EUH... ATTENDS DEUX PETITES MINUTES.
J'AI LE PAPIER AVEC MES NOTES QUELQUE PART.
Où je l'ai rangé, moi ?
FOUILLE
FOUILLE
AH !
VOILÀ, JE L'AI...

AH...
TU ES
PLUS FAIBLE
EN SCIENCES.

UUH...
OUAAAAAAAAAH !! IL EST TROP PRÈS ! BEAUCOUP TROP PRÈS !!
SA VOIX RÉSONNE DANS MON OREILLE !!!
C'EST QUE... EUH... ÇA ENTRE PAR UNE OREILLE ET ÇA RESSORT PAR L'AUTRE !
STADA DADAP
TU N'ES PAS OBLIGÉ DE PERDRE DU TEMPS À M'AIDER !!
HEIN ? MAIS...
TADADAP
J'APPRÉCIE L'INTENTION, C'EST DÉJÀ BIEN SUFFISANT ! ENCORE MERCI !!
J'y vais !!
AH...
WOOSH
ÇA M'ÉTAIT PRESQUE...
... SORTI DE LA TÊTE, AVEC CETTE HISTOIRE DE MAUVAISES NOTES.
Alors...
OREILLES SENSIBLES, C'EST NOTÉ.
IL PREND DES NOTES.
IL A UNE BASE DE DONNÉES.

QUE FAIRE ?!
BAM
"... IL NE VA PROBABLEMENT PLUS PRENDRE LA PEINE DE SE CACHER."
HAAAN は
HAAAN は
IL ÉTAIT TROP PROCHE DE MOI, AUJOURD'HUI.
IL L'EST TOUJOURS UN PEU, MAIS LÀ, C'ÉTAIT ENCORE PIRE QUE LES AUTRES JOURS !
BOBOM
...
BOBOM
BOBOM
ZWOUSH ZWOUSH
ぶるぶるぶる
ENFIN BREF ! LÀ, JE DOIS ME FOCALISER SUR MES ÉTUDES !
Concentration !!
DIS-MOI...

... POURQUOI TU T'OBSTINES À L'ATTENDRE ? ELLE T'A DIT QUE TU N'ÉTAIS PAS OBLIGÉ, NON ?
C'EST DANGEREUX DE FAIRE LA ROUTE TOUTE SEULE LE SOIR.
TU TE PRENDS POUR SON PÈRE ?
ET PUIS JE VEUX PASSER LE MAXIMUM DE TEMPS AVEC ELLE.
...
KUSAKABE...
ON DIRAIT QUE L'AMOUR REPRÉSENTE TOUT POUR TOI.
C'EST EXACTEMENT CE QUE M'A DIT MON EX.
LA MISS DU LYCÉE ?
OUI.
...

CE N'EST QU'UNE HYPOTHÈSE, MAIS...
... SI JAMAIS UN AUTRE GARÇON VENAIT À DÉCLARER SA FLAMME À IROHA...
... QUE FERAIS-TU ?
TU SERAIS DU GENRE À ÊTRE VERT DE JALOUSIE ET À PÉTER UN GROS CÂBLE ?
COMME KUMAZÔ...
PEUT-ÊTRE QU'IL POURRAIT MÊME TUER L'AUTRE GARÇON ?!
FLIPPAAANT !
HAHAHA ! ÇA SE POURRAIT !
NE T'EN FAIS PAS ! L'OURSON TOURNE-PAS-ROND EST UN ANIME QUI PASSE TARD, ET IL N'Y A MÊME PAS DE SANG VERSÉ.
PAS DE SANG ?! ET LE LOUP QUI A ÉTÉ TUÉ ?!
IL A JUSTE ÉTÉ SUPPRIMÉ DE LA SÉRIE.
RIEN QUE ÇA ?!

CELA DIT, JE SERAIS CURIEUSE DE TE VOIR PÉTER UN CÂBLE, FOU DE JALOUSIE, KUSAKABE !
HAHAHA ! JE NE PÉTERAIS PAS DE CÂBLE.
ÇA, JE ME LE DEMANDE...
Rattrapages Prenez une copie pour chaque matière dans le rouge.
CE SERAIT MARRANT QU'UN RIVAL DE TAILLE APPARAISSE.
UN GARÇON PUR ET INNOCENT, TOUT LE CONTRAIRE DE TOI ! CE SERAIT LE TOP !
TU NE ME TROUVES PAS PUR ET INNOCENT ?
SANS COMPTER QU'IROHA N'EST PAS PARTICULIÈREMENT DU GENRE POPULAIRE.
FLAP
FLAP
OUI, ENFIN, LES CHANCES QUE ÇA SE PRODUISE SONT QUAND MÊME INFIMES.
SAC-CHI...
FLAP

C'EST PAS TRÈS SYMPA, ÇA !
AOYAGI EST LA FILLE LA PLUS ADORABLE AU MONDE !
FRSH
FRSH
HAHA HA !
MOI, JE TROUVERAIS QUAND MÊME LA SITUATION ASSEZ DRÔLE.
UN RIVAL...
... QUE KUSAKABE AURAIT DU MAL À GÉRER.

À suivre dans le tome 2...

* "MI NI AMARU KARESHI" EST LE TITRE DE LA SÉRIE DANS LA VERSION ORIGINALE JAPONAISE.

* IL S'AGIT DU TITRE JAPONAIS ÉCRIT EN KANJI, AVEC LA PREMIÈRE PARTIE BARRÉE.
** IL S'AGIT DU TITRE EN JAPONAIS, AVEC LA PREMIÈRE PARTIE EN HIRAGANA.

J'attends vos courriers !
101-8050
Tokyo-to, Chiyoda-ku, Hitotsubashi 2-5-10
Shûeisha, Margaret,
à l'attention de la rédaction
Mizuki Hoshino
JAPAN
ÇA M'ENCOURAGE ÉNORMÉMENT ! JE RELIS SOUVENT VOS LETTRES !
J'AI ENCORE UN TAS DE RÉPONSES À RÉDIGER !
JE REGARDE AUSSI LES CRITIQUES QUE LES GENS LAISSENT SUR INTERNET.
DONC, N'HÉSITEZ PAS À LAISSER VOTRE AVIS. ÇA ME FAIT PLAISIR.
Et surtout, sentez-vous libres d'écrire tout ce que vous voulez !
JE REMERCIE AUSSI CEUX QUI LAISSENT DES AVIS VIA TWITTER ET INSTAGRAM !!
Je regarde tout et j'apprécie tout ! Encore merci !!
Remerciements particuliers
Mon éditeur, le rédacteur en chef, la rédaction de Margaret, tous ceux qui m'ont aidée lors de la réalisation de cette série, mes amis qui m'ont toujours encouragée (Sumicchi, Taatan, Shô-chan), mes chats et…
Vous
SUR CE, J'ESPÈRE VOUS RETROUVER POUR LE DEUXIÈME TOME !
ÉTÉ 2018, MIZUKI HOSHINO

Prochain tome

La main qui a effleuré Iroha, endormie…

… est celle d'un garçon maladroit, pas très intelligent, et sans grande expérience en amour.

Un petit ami trop parfait ?

Mizuki Hoshino

À découvrir dans le prochain tome...

Ce manga est publié dans son sens
de lecture originale, de droite à gauche.

Ici, vous êtes donc à la fin.

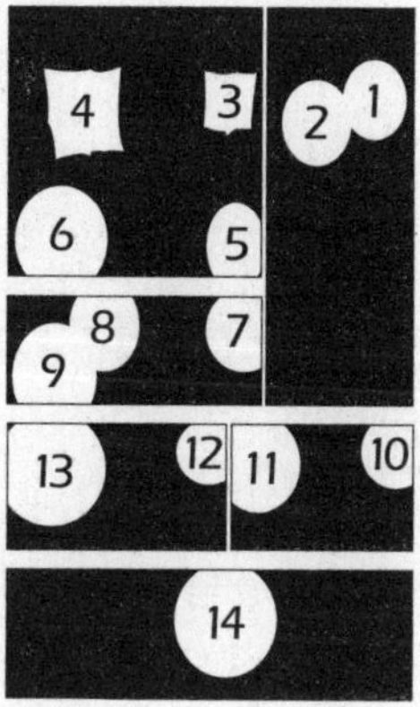

Achevé d'imprimer en octobre 2019 • Dépôt légal : novembre 2019
d/2019/0086/264 • ISBN 978-2-5050-8110-4

Traduit et adapté en français par Aline Kukor
Conception graphique : Cynthia Thiéry
Adaptation graphique : Eric Montésinos

Imprimé et relié en Italie par Grafica Veneta Spa,
Via Malcanton 2, 35010 Trebaseleghe (Pd)

PEFC™
PEFC/18-31-226

Certifié PEFC

Ce produit est issu
de forêts gérées
durablement et de
sources contrôlées.

www.pefc.be

FSHH さら…
Mais c'est en fin de compte quelqu'un de bien, qui pense d'abord au bonheur des autres, malgré les moqueries de ses amis.
Il est sans conteste…
… le plus grand rival de Kusakabe !